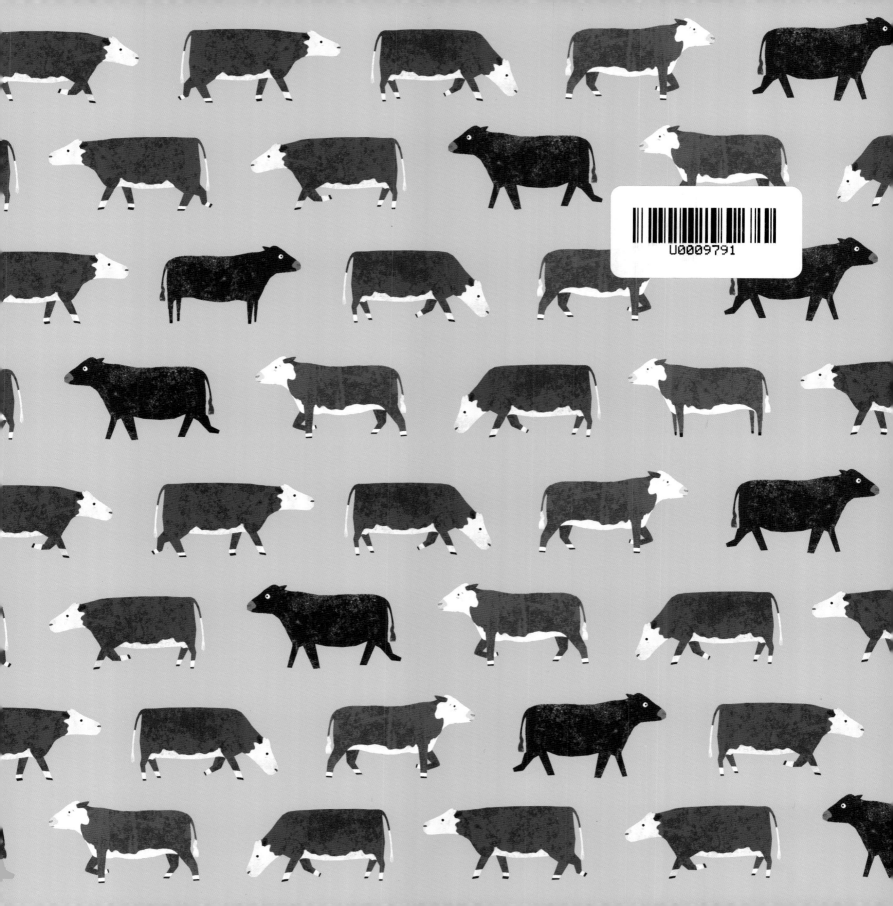

XBTH0032

【不簡單女孩1】

用圖像思考的女孩

動物科學家天寶‧葛蘭汀的故事

The Girl Who Thought in Pictures: The Story of Dr. Temple Grandin

作　　者：茱莉亞‧芬利‧摩斯卡 Julia Finley Mosca
繪　　者：丹尼爾‧雷利 Daniel Rieley
譯　　者：黃筱茵

字畝文化創意有限公司

社長兼總編輯：馮季眉
責任編輯：吳令葳
主　　編：許雅筑、鄭倖伃
編　　輯：戴鈺娟、李培如、賴韻如
設　　計：Ancy Pi

出　　版：字畝文化創意有限公司
發　　行：遠足文化事業股份有限公司（讀書共和國出版集團）
地　　址：231 新北市新店區民權路 108-2 號 9 樓
電　　話：(02)2218-1417
傳　　真：(02)8667-1065
客服信箱：service@bookrep.com.tw
網路書店：www.bookrep.com.tw
團體訂購請洽業務部 (02) 2218-1417 分機 1124

法律顧問：華洋法律事務所　蘇文生律師
印　　製：中原造像股份有限公司

Text copyright © 2017 by Julia Finely Mosca
Illustrations by Daniel Rieley
Illustrations copyright © 2017 The Innovation Press
This edition arranged with Kaplan/DeFiore Rights
through Andrew Nurnberg Associates International Limited
特別聲明：有關本書中的言論內容，不代表本公司 / 出版集團之立場與意見，文責由作者自行承擔

定價 350 元　　2019 年 2 月 13 日　初版一刷　　　　2024 年 2 月　初版十三刷

書號：XBTH0032　　　　　　　　　　　　　　　　　ISBN：978-957-8423-69-5

文 茱莉亞·芬利·摩斯卡
Julia Finley Mosca

圖 丹尼爾·雷利 Daniel Rieley

譯 黃筱茵

用圖像思考的女孩

動物科學家天寶·葛蘭汀的故事

The Girl Who Thought in Pictures
The Story of Dr. Temple Grandin

如果你曾經感覺自己與眾不同，
如果你被人看輕，
如果你與現實世界格格不入，
這時候該讓你認識一個人。

天寶‧葛蘭汀。
你會在她的故事裡找到光芒。
所以，準備好——
來聽聽這位牛仔女孩的真實故事。

在ㄗㄞˋ美ㄇㄟˇ國ㄍㄨㄛˊ波ㄅㄛ士ㄕˋ頓ㄉㄨㄣˋ這ㄓㄜˋ座ㄗㄨㄛˋ城ㄔㄥˊ市ㄕˋ，
夏ㄒㄧㄚˋ日ㄖˋ裡ㄌㄧˇ炎ㄧㄢˊ熱ㄖㄜˋ的ㄉㄜ˙一ㄧ天ㄊㄧㄢ，
誕ㄉㄢˋ生ㄕㄥ了ㄌㄜ˙一ㄧ個ㄍㄜˋ惹ㄖㄜˇ人ㄖㄣˊ憐ㄌㄧㄢˊ愛ㄞˋ的ㄉㄜ˙寶ㄅㄠˇ寶ㄅㄠ˙，
她ㄊㄚ就ㄐㄧㄡˋ是ㄕˋ天ㄊㄧㄢ寶ㄅㄠˇ！

好ㄏㄠˇ耶ㄧㄝ˙！

打從一開始她就與眾不同，是個特別的女孩，很愛轉圈圈，也愛看東西轉呀轉不停。

可是她討厭某些東西，
比如巨大的聲音，
或者明亮擁擠的地方——
大城市或鄉鎮。

她討厭有好多皺褶的百葉裙，
讓她渾身發癢，又扯又跳……
她還討厭什麼？
壓迫人的大擁抱！

這個女孩，　獨來獨往又害羞，

可是只要生氣起來啊，

壓力和挫折感很嚴重的時候啊，

就會大發一頓脾氣……

她又踢

又叫

捶打東西

還大聲尖叫───

儘管如此，　不管你怎麼教，

直到三歲為止，

她一個字也沒開口說過。

「她永遠也不可能跟正常人一樣。」
有些人這麼說。

「她的腦袋不太正常,
你們應該把她送走。」

「送走?
我才不會
送走我的天寶!」
媽媽堅定的說。

「我們會找出辦法的。
到時候你們會對自己說出這樣的話
感到慚愧!」

雖然她有時候會有表達障礙，
但是她一點一點的進步；

在特教老師幫助下，
有一天，她開口說話了！

至於她頭腦的狀況嘛……
那是自閉症，知道嗎？

她是「與眾不同，
但不比人差」。
最後大家都這麼認為！

母牛

就跟大部分同年齡的小孩一樣，
她喜歡
冰淇淋和藝術，
不過，
天寶獨特的思考方式
讓她跟別的小孩就是不一樣。

如果有人提到什麼東西，
比如說，一隻蒼蠅，
天寶的腦袋裡，
就會看見一連串的圖像
發出嗡嗡聲，飛到西，飛到東。

該去上學的時候到了， 這件事對她來說真的很困難。
其他小孩很愛嚇唬她， 在校園裡到處追著她跑。

他們老愛挑剔可憐的天寶的毛病……
這些事快要把她逼瘋了。

他們老愛嘲笑她， 笑她總是重複說同樣一件事情
說了又說……

說了又說。

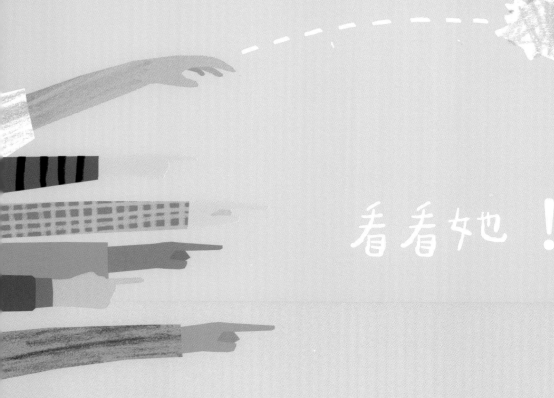

看看她！

說了又說，

說了又說，

最後，她終於爆發了！
沒錯，她是發了脾氣……

把一本書扔向某個小孩，
就這樣被從學校踢了出去！

沒有人真的懂天寶。
不過，話說回來……

天寶也沒辦法
理解他們呀！

結果，
在阿姨家的牧場生活
讓她感到放鬆，

豬才不在乎
天寶的頭髮
是不是亂蓬蓬。

天寶在乳牛群中，
如魚得水。

這麼大
又這麼溫柔的動物呀，
牠們對語言一竅不通。

她觀察著她的新朋友們，
突然，有個想法
跳進她的腦海：

「這些乳牛想事情的方式就跟我一樣——
用圖像思考！」

那年秋天， 在一所新學校裡，
天寶找到更多支持她的力量。

一位教她的老師告訴她：
「只要好好努力，
你一定不會令人失望。
你只要找到自己拿手的項目，
像是科學——
你就會一鳴驚人！」

那位老師說得對，
他為天寶開了一扇門。

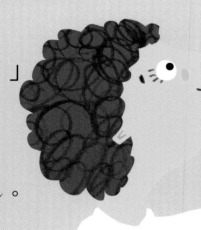

天寶發明了一臺
她曾經在某些牧場看過的機器，
用木板來擁抱自己，
就像被手臂環繞一樣。

成功了── 是由記憶中的模樣
打造出來的，一點也沒錯。

這樣被擁抱，讓她覺得很平靜，
就跟乳牛的反應是一樣的。

「我很特別。」她心想。
「就像閃亮的流星。」
「我擅長關注細節，
　這能幫助我
　走得更遠！」

她努力研究，
發現有些牧場對動物們
不是那麼友善。
「我來幫助他們。」她說。
她找到了一些解決方案。

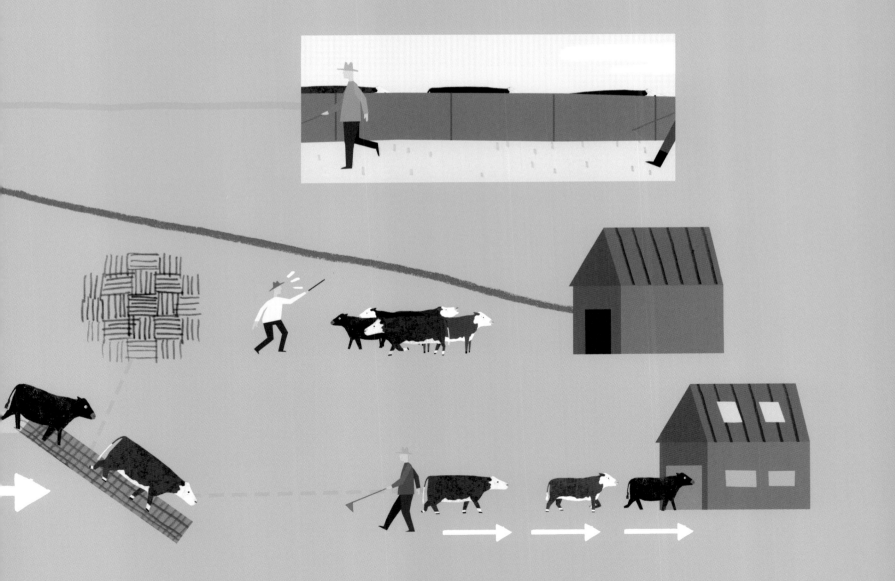

接下來，
很酷的事發生囉！

你猜得到嗎？
會是什麼事呢？

她去上大學了！
她拿到一個學位？
不只！總共三個！

儘管在那個時代，
女士很少會成為
牧場方面的專家。

這會阻礙天寶嗎？
才不會！她成為了專家。

她跨過那扇門，
沒有掉眼淚，筆直向前走。

她迎向世界，當然，有時候，
心裡還是會恐懼。

因為有些事情真的很可怕，
比如她遇到的那些人們。

他們故意輕視她的想法，
他們並不好相處。

她ㄊㄚ的ㄉㄜ目ㄇㄨ標ㄅㄧㄠ是ㄕ———
打ㄉㄚ造ㄗㄠ更ㄍㄥ棒ㄅㄤ的ㄉㄜ牧ㄇㄨ場ㄔㄤ。 她ㄊㄚ一ㄧ定ㄉㄧㄥ會ㄏㄨㄟ做ㄗㄨㄛ到ㄉㄠ。
「善ㄕㄢ待ㄉㄞ這ㄓㄜ些ㄒㄧㄝ動ㄉㄨㄥ物ㄨ，
牠ㄊㄚ們ㄇㄣ也ㄧㄝ有ㄧㄡ感ㄍㄢ覺ㄐㄩㄝ！」

漸漸的，她確實改變了許多人的看法，
一座接一座牧場，
都採用了她為牛隻設計的
超棒通道。

口ㄎㄡ碑ㄅㄟ傳ㄔㄨㄢ開ㄎㄞ了ㄌㄜ，大ㄉㄚ家ㄐㄧㄚ都ㄉㄡ說ㄕㄨㄛ
天ㄊㄧㄢ寶ㄅㄠ的ㄉㄜ功ㄍㄨㄥ勞ㄌㄠ真ㄓㄣ不ㄅㄨ小ㄒㄧㄠ。
「天ㄊㄧㄢ寶ㄅㄠ・葛ㄍㄜ蘭ㄌㄢ汀ㄊㄧㄥ？她ㄊㄚ很ㄏㄣ強ㄑㄧㄤ！
她ㄊㄚ超ㄔㄠ強ㄑㄧㄤ的ㄉㄜ！」

至今，她做過的許許多多事，
讓她獲得許多榮譽與獎項。

人們甚至還為她
拍了一部電影！
不過，
其中最讓人驚訝的是……

那個曾經
沉默不語的女孩……
那個前途黯淡的女孩——

天寶，
現在成為厲害的
大演說家了！

時ㄕ至ㄓ今ㄐㄧㄣ日ㄖ，她ㄊㄚ四ㄙ處ㄔㄨ
演ㄧㄢ講ㄐㄧㄤ自ㄗˋ己ㄐㄧˇ的ㄉㄜ故ㄍㄨˋ事ㄕˋ
傳ㄔㄨㄢ播ㄅㄛ希ㄒㄧ望ㄨㄤˋ。

從ㄘㄨㄥ紐ㄋㄧㄡˇ約ㄩㄝ、雪ㄒㄩㄝˇ梨ㄌㄧˊ
到ㄉㄠˋ羅ㄌㄨㄛˊ馬ㄇㄚˇ，

天ㄊㄧㄢ寶ㄅㄠˇ告ㄍㄠˋ訴ㄙㄨˋ人ㄖㄣˊ們ㄇㄣ：「每ㄇㄟˇ個ㄍㄜˋ人ㄖㄣˊ
都ㄉㄡ非ㄈㄟ常ㄔㄤˊ特ㄊㄜˋ別ㄅㄧㄝˊ──我ㄨㄛˇ們ㄇㄣ的ㄉㄜ心ㄒㄧㄣ靈ㄌㄧㄥˊ獨ㄉㄨˊ一ㄧ無ㄨˊ二ㄦˋ。
這ㄓㄜˋ個ㄍㄜˋ世ㄕˋ界ㄐㄧㄝˋ需ㄒㄩ要ㄧㄠˋ你ㄋㄧˇ的ㄉㄜ創ㄔㄨㄤˋ意ㄧˋ，需ㄒㄩ要ㄧㄠˋ各ㄍㄜˋ式ㄕˋ各ㄍㄜˋ樣ㄧㄤˋ的ㄉㄜ腦ㄋㄠˇ袋ㄉㄞˋ！」

所以，我們好好上了一課：

覺得格格不入，
或者跟大家都不合拍？
說不定，與眾不同
正是你最棒的地方！

別讓懷疑的心阻礙你，一分鐘也不行。

像天寶一樣，站得直挺挺，
跨過那扇門，向前走！

親愛的讀者：

真高興在我小時候，媽媽總是鼓勵我發揮我的藝術天分。我也要鼓勵你們找到自己拿手的事，努力發展這項能力。

如果你們對於變成像我這樣的科學家有興趣，可以去找尋觀察事物的新方式，比如用顯微鏡或者望遠鏡探索自然，想想你自己可以動手操作的科學實驗。

持續不斷的學習，尤其是從你自己犯過的錯誤中學習。

天寶·葛蘭汀

關於天寶的有趣小故事

飛到外太空的童年時光

　　「只要是會飛的東西，我都喜歡！」問起她小時候的嗜好時，天寶說道：「我小的時候最崇拜太空人了。」除了喜歡玩風箏、飛機和太空船以外，她也很喜歡畫畫。「要是學校沒有美術課，我一定會很失落。」她說。青少年的歲月裡，天寶也深深喜歡上某些電視節目，比如《勇闖太空》（*Men into Space*），《迷離境界》（*The Twilight Zone*），還有《紳士密令》（*The Man from U.N.C.L.E.*）等。「我是徹頭徹尾的《星際爭霸戰》粉絲。」至於她最喜歡哪個角色？當然是史巴克船長囉──讓人著迷的半人類，且處理起某些情感糾葛時，常常遇到問題。

正港的牛仔女孩電影

　　全世界沒有多少人有機會成為好萊塢電影的主角，但天寶就是其中之一！在2010年，HBO發行了以天寶・葛蘭汀為主角的電影（*Temple Grandin*，譯為《星星的孩子》），由女演員克萊兒・丹恩斯（Claire Danes）飾演這位舉世聞名的科學家，她也因為這個角色贏得了金球獎。這部影片把焦點放在她患有自閉症的早期生活，以及她在畜牧業的卓越成就。「我真正的圖畫有被收錄在電影中喔！真開心。」這指的是她繪製的發明藍圖。天寶說，她也很高興這部電影裡有她這輩子最重要的幾個人：「電影中所有的主角，卡爾洛克老師、安阿姨，還有媽媽，都被拍得很棒。」

註冊商標的牛仔襯衫

　　要畫天寶・葛蘭汀時，有一種衣著很可能會浮上你的心頭：牛仔襯衫！這麼多年以來，這位有名的動物科學家已經收集一系列令人驚奇的上衣，她常常拿來搭配她註冊商標的領巾。不過，天寶並不是從一開始就這麼有自信又擁有獨特的時尚感。童年和青少年期，她都很討厭打扮，尤其討厭會讓她身體發癢的衣服。當她找到牛仔襯衫（她喜歡搭在柔軟的棉質T恤上），發現這種服飾很適合她。現在你已經很難看到她穿其他種類的衣服了。2011年，天寶甚至穿著她正字標記的牛仔襯衫，去參加好萊塢鼎鼎大名的金球獎頒獎典禮！

身處男人世界的女性

　　問起天寶在七〇年代在農場上做為動物科學家的工作經驗，她的答案可能會讓你大吃一驚。「那個經驗比自閉症還糟……糟多了。」她說。比起她在童年和青少年時期面臨的所有阻礙，天寶說她這輩子最大的挑戰是：「在男人的世界裡當個女人，那非常困難。」她補充說道：「在亞利桑納州的牧場裡工作的女人，全都是辦公室祕書。」面對重重阻礙，是什麼讓天寶繼續努力下去？「我想要向其他人證明我並不笨。我能成功，是那樣的信念支持著我。」

通往未來的門扉

　　研究天寶的生涯旅程，如果沒有提到「門」，恐怕就不完整了。你想想看，對天寶來說，「門」不僅僅是出入一個房間的通道，也是一個對於即將來臨的事物的象徵。「為了要思考像是我的未來道路這樣抽象的概念，我需要能具體視覺化的某種象徵，像是一扇門。」天寶說，她一開始想到這個主意時還是個小女孩，那時候，要獲取新的經驗，或者搬到新的地方，對她來說真的非常害怕。想像自己跨越某扇門扉，能幫她減輕一部分的焦慮。「我就是那樣設想所有事情的。」

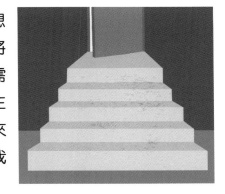

能言善道的成就

　　誰會相信一個小時候根本不會說話的孩子，有一天會踏遍世界，成為有名的演說家？如果你聽過天寶動人的演講，就知道這是有可能的。儘管如此，在一大群人面前發言，並不容易。「我一開始演講時，並不是一個好的演說者。」她承認。「我在念研究所的時候，在大家面前講話會驚慌得不得了，我第一場公開演講時，甚至直接走出會場。」所以她是怎麼變厲害的？其實是透過很多很多的練習，還有一項特別的祕密武器：「我會確認自己做了很棒的投影片，可以適時提醒自己該說什麼話。」「我講得超爛，可是投影片做得超棒！」

1970 在富蘭克林·皮爾斯學院取得心理學的學位

1973 開始為亞利桑納州的《農牧人期刊》撰文,擔任牲畜版編輯

1961 在亞利桑那州安阿姨的牧場度過夏天

1950 醫師診斷為腦部損傷患者(不過很快就辨識出這其實是自閉症)

1961 就讀罕布什爾私立學校,認識了卡爾洛克老師

1975 在亞利桑那州立大學取得動物科學的碩士學位

1989 獲得伊利諾大學的動物科學博士學位

1947 於8月29日誕生於麻州波士頓

1951 在教師及語言治療師的協助下開始開口說話

1965 發明她自己的擁抱機

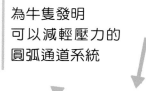

1985 首度於美國的自閉症學會研討會上公開演說

1976 為牛隻發明可以減輕壓力的圓弧通道系統

1961 因為大發脾氣,被趕出學校

2010
被美國動物科學學會
推舉為院士

1990
為牲口裝設
世上第一座
中央控制穩定
系統

2015
被美國文理科學院
推舉為院士

2010
成為HBO得獎電影
《天寶·葛蘭汀》
（中譯《星星的孩子》）
的故事主角

2010
被納入
國家女牛仔
名人堂

2010
被《時代雜誌》
推舉為年度百大
最具影響力人物之一

Present
她住在科羅拉多州的柯林
斯堡，擔任科羅拉多州立
大學動物科學系教授，並
持續寫作、演說，以及從
事動物科學與自閉症研究
與教學工作

撰寫她的第一本《紐約時報》
暢銷書：《傾聽動物心語》

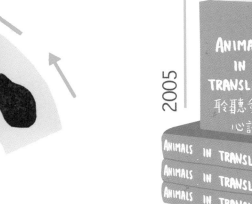

2005

ANIMALS
IN
TRANSLATION
聆聽動物
心語

ANIMALS IN TRANSLATION
ANIMALS IN TRANSLATION
ANIMALS IN TRANSLATION

天寶·葛蘭汀簡介

　　瑪莉·天寶·葛蘭汀博士（大家都很親切的稱她為天寶）於1947年8月29日出生於美國麻塞諸塞州的波士頓。

　　天寶兩歲還不會說話，被誤診為患有腦部損傷。不過，這種說法很快就被澄清了，她罹患的其實是自閉症：這種複雜的腦部發展失調，影響到患者溝通的能力。那個時代的許多醫生，都認為像天寶這樣的孩子無法接受治療，建議把他們送到特殊的療養院去。幸運的是：天寶的母親——烏絲特希雅·卡特勒，送她去接受神經學家的診治。專家建議這個小女孩接受語言治療。

用圖像思考的女孩

　　在特教老師和護理人員的協助下，天寶在四歲左右總算開口說話了。儘管如此，她依舊發現，要專注在某些事務，或者在壓力很大的狀況下控制她的挫折感，還是非常困難。就跟許多自閉症患者一樣，與朋友交談、解讀對方的臉部表情，對天寶來說都很不容易。這些差異使得她在學校裡很難融入同學的世界。她十四歲時，有一次大發脾氣，對開她玩笑的同學扔了一本書。不幸的是：學校因此要求她輟學，並且不得復學。

　　被學校處分後的那個夏天，是天寶生命裡的重要轉捩點。她花了幾個月的時間，住在她亞利桑納州的安阿姨的牧場裡，她在那裡工作，與動物們發展出很深的連結。她尤其喜歡乳牛，很快就理解牠們使用視覺化的方式思考。她覺得乳牛會注意到一些別人毫無所覺的、周遭環境的細節，就跟她一樣。雖然天寶總是很小心的指出，並不是所有自閉症患者都是用視覺化的方式來思考，她卻經常將自己形容成「用圖像思考的人」。

從亞利桑那州返家後，天寶開始上一所新學校——新罕布什爾州的罕布什爾私立學校。天寶就是在這所學校認識威廉・卡爾洛克，一位教師暨前美國太空總署的科學家。卡爾洛克老師後來成為她終身的摯友與心靈導師，他很快就發現這個15歲的女孩對於看過的圖像有非凡的記憶天賦，就像電腦在存取圖片一樣。卡爾洛克老師鼓勵她運用這項特別的天賦，好好發揮長才。

生平第一項發明：擠壓機（擁抱機）

高中二年級時，在卡爾洛克老師協助下，天寶創造了她第一項發明：擠壓機（有時被稱為擁抱機）。這項發明源自她在牧場上看到的一種裝置——這種加壓的通道能讓乳牛在打疫苗時保持平靜，堅定卻不壓迫的緊緊圈住牠們，就像給牠們一個強而有力的擁抱。

高中畢業後，天寶繼續上大學，之前許多人都因為她患有自閉症，認為她不可能做到。她在新罕布什爾州的法蘭克林・皮爾斯大學繼續研發她的擠壓機。她花了許多時間說服學校，後來學校終於准許她操作研究計畫，觀察學生們在使用機器前後的感受。這類的計畫讓天寶明白自己這輩子想要從事的工作：研究牧場動物的行為，並用她的觀察來改善牠們的生活條件。她辛勤工作與努力，讓她贏得三個學位，包括一個動物科學的博士學位。

即使她受過的教育令人印象深刻，天寶身處在酪農業，要有一席之地十分困難。她的事業開啟於七〇年代，當時這個領域裡幾乎沒有任何女性專家。不過天寶鍥而不捨，她持續往農場與牧場發展。她由多年的研究中發現：動物們（尤其是乳牛）被運送與處理的方式，經

常造成這些動物極大的痛苦、壓力與恐懼。天寶注意到乳牛在搬遷時經常被置放在照明昏暗、陡峭又滑溜的人造斜坡，造成受傷的情況。天寶亟欲改善這些狀況，決定親自體驗乳牛每天都必須忍受的嚴酷生活程序，運用自己的動物直覺來體會動物們的感受。她實驗後發現，比起開放式圍欄，乳牛比較喜歡實心柵欄與斜牆。牠們喜歡明亮的區域，並且不太願意進入擁擠、黑暗的空間或建築物裡面。

提倡以尊重動物的方式對待牠們

天寶運用她收集的資料，發明更安全、更舒適的動物運輸方式。她最重要的發明有兩項：中央控制穩定系統（用輸送帶讓動物們保持溫和的直立狀態），還有這本書裡描繪出來的圓弧通道系統。天寶觀察到牲口群比較喜歡環繞著牧養者呈圓形移動，這種方式比較能讓牠們保持冷靜。天寶的新改良設計採用實心牆與不滑的地板，目的都在保護牛群不受驚嚇或傷害，讓牠們排成單行，彎曲而平靜的移動。

與她的專業工作同等重要的，還有她對自閉症社群的貢獻。直到今天，天寶旅行全世界，講述自己的故事，激勵他人。她相信自閉症兒童需要早期療育，以及優良的支持系統，才能得到幫助。

榮獲《時代雜誌》年度百大影響力人物

天寶在她漫長的職業生涯，贏得許多了不起的獎項與榮譽，包括美國動物科學協會頒給她院士的榮耀，她同時也是美國文理科學院院士。她曾經出現在許多電視節目上，講述自己的故事和研究，她的著作也兩度蟬聯《紐約時報》暢銷書榜單。光是2010年，她就獲得多項榮譽：躋身國家女牛仔名人堂的行列、《時代雜誌》年度百大影響力人物之一。

有一句引述天寶的話是這樣說的：「我與眾不同，卻沒有欠缺什麼。」這或許完美詮釋了她一生對患有自閉症的感受。雖然有些人無法理解——天寶說過，就算有可能找到治療的特效藥，她也並不希望自己的自閉症完全被治癒。如果她沒有自閉症，或許無法成為一名如此神奇的科學家！

致謝

本書的出版社、作者和插畫家都非常感謝天寶‧葛蘭汀女士花了很長的時間與作者談話，謝謝葛蘭汀女士在本書創作的過程中提供私人照片，並且提出諸多對本書很有建設性的看法。

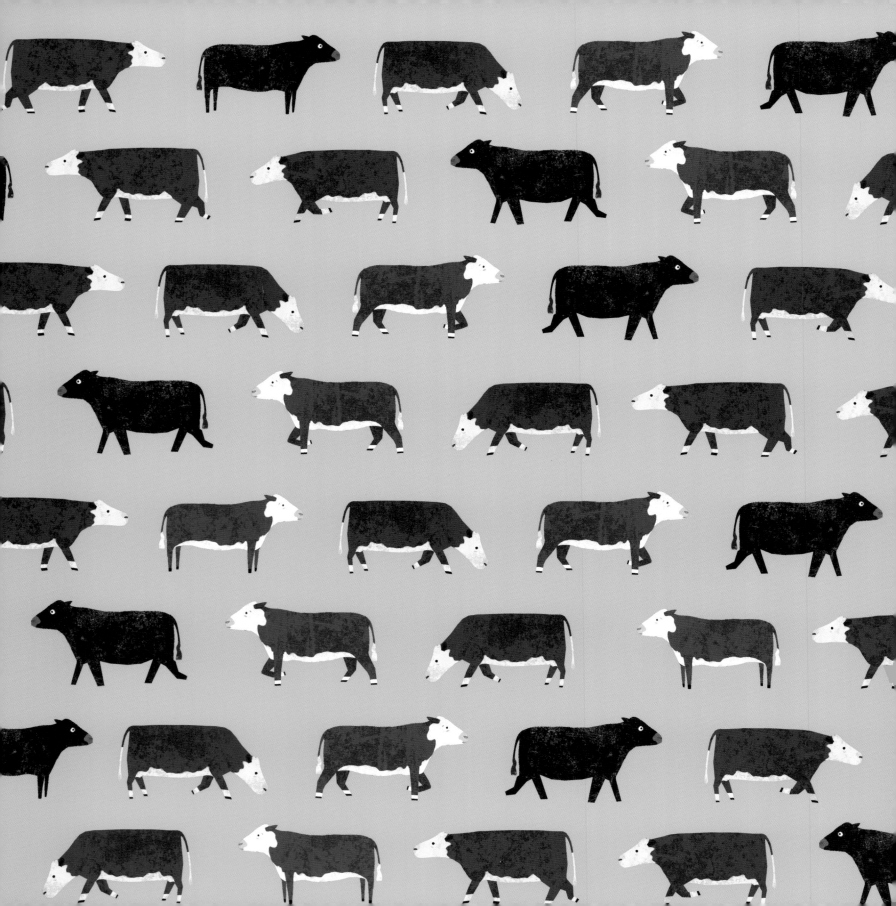